AF370124

Vente du Samedi 1er Mai 1880,

HOTEL DROUOT, SALLE N° 8.

TABLEAUX

ANCIENS

COMPOSANT LA

Collection de feu M. LANUSSE

DE BORDEAUX

EXPOSITION PUBLIQUE

Le Vendredi 30 Avril 1880

DE UNE HEURE A CINQ HEURES.

COMMISSAIRE-PRISEUR	EXPERT
Me CH. PILLET	M. CH. GEORGE
10, rue de la Grange-Batelière.	12, rue Laffitte.

CATALOGUE

DE

TABLEAUX ANCIENS

DES ÉCOLES

FRANÇAISE, FLAMANDE, HOLLANDAISE

ET ITALIENNE

Composant la Collection de feu M. **LANUSSE**, de Bordeaux.

DONT LA VENTE AURA LIEU APRÈS DÉCÈS

HOTEL DROUOT, SALLE N° 8,

Le Samedi 1er Mai 1880,

A DEUX HEURES.

Par le Ministère de Me **CHARLES PILLET**, Commissaire-Priseur,
10, rue de la Grange-Batelière,

Assisté de M. **CH. GEORGE**, expert, 12, rue Laffitte,

Chez lesquels se trouve le présent catalogue.

EXPOSITION PUBLIQUE, le Vendredi 30 Avril 1880,

DE UNE HEURE A CINQ HEURES.

CONDITIONS DE LA VENTE

Elle se fera au comptant.

Les adjudicataires payeront *cinq pour cent* en sus des enchères, appliquables aux frais.

Paris. — Typ. Pillet et Dumoulin, 5, rue des Grands-Augustins.

DÉSIGNATION

ABBATE (attribué à NICCOLO DEL)

1 — La Vierge et l'Enfant Jésus.

Toile. Haut., 38 cent. 1/2; larg., 28 cent. 1/2.

BALEN (JAN VAN)

2 — La Sainte Famille.

La Vierge, tenant l'Enfant Jésus sur ses genoux, sainte Elisabeth et le petit saint Jean avec son agneau.

Cadre sculpté.

Cuivre. Haut., 40 cent.; larg., 28 cent.

BEELDEMAKER (A. J.)

3 — Une Meute.

Huit chiens de chasse de diverses espèces arrêtés sur un tertre couvert de gazon et de plantes à larges feuilles.

Toile. Haut., 43 cent.; larg., 53 cent.

BLOOT (PIERRE DE)

4 — Réunion de buveurs.

Au milieu de neuf villageois qui fument, boivent et chantent, un joyeux compère danse avec entrain, tenant d'une main une cruche de bière et de l'autre un violon.

Cadre sculpté.

Bois. Haut., 29 cent.; larg., 45 cent.

BLOEMEN (PIERRE VAN)

5 — Marché aux chevaux.

Auprès d'un groupe de cavaliers et de maquignons, un gentilhomme, élégamment costumé, examine un cheval blanc qu'un maréchal-ferrant tient par les naseaux.

Toile. Haut., 33 cent.; larg., 49 cent.

BOTH (attribué à JAN)

6 — Paysage.

Des muletiers débouchent d'un chemin pratiqué entre des rochers entremêlés d'arbrisseaux et de grands arbres. Dans l'éloignement, une rivière, et au delà, une montagne qui se découpe sur le ciel.

Peinture sur marbre.

Haut., 32 cent.; larg., 40 cent.

BOUT ET BOUDEWYNS

7 — Environs de Rome.

Muletiers, chariots, pâtres et leurs troupeaux, au pied de monuments en ruines.

Toile. Haut., 38 cent. 1/2; larg., 51 cent. 1/2.

8 — Le Pendant.

Autre vue de monuments en ruines, animée d'une multitude de figurines; cavalier faisant l'aumône, chasseur, colporteurs, etc.

BRACKENBURGH (REINIER)

9 — La Nourrice hollandaise.

Vue à l'embrasure d'une fenêtre, elle est assise et présente le sein à un enfant au maillot. A côté d'elle, un berceau d'osier et un panier à faire sécher les langes.

Toile. Haut., 32 cent.; larg., 24 cent.

BREDA (JAN VAN)

10 — Halte de gens de guerre.

Une douzaine de cavaliers et quelques fantassins sont arrêtés aux abords d'un village masqué en grande partie par des massifs d'arbres.

Toile. Haut., 40 cent.; larg., 50 cent.

BREYDEL (Le Chevalier)

11 — Grand'route, un jour de marché.

Une multitude de petites figures anime une grand'route qui traverse une campagne boisée. Exécution facile et légère.

Bois. Haut., 25 cent. 1/2; larg., 34 cent. 1/2.

BUONTALENTI (BERNARDO)

12 — La Vierge, l'Enfant et le petit saint Jean.

L'Enfant Jésus, tenant d'une main un globe surmonté d'une croix et levant l'autre pour bénir, est assis sur les genoux de la Vierge, qui le soutient dans ses deux bras. A gauche, le petit saint Jean, les bras croisés sur la poitrine et une croix de roseau à la main.

Peinture d'un beau style rappelant Vasari et André del Sarte.

Haut., 97 cent.; larg., 71 cent.

CARESME (PHILIPPE)

13 — Il pleut, il pleut, bergère.

Charmante peinture de l'auteur portant sa signature et la date 1768.

Bois. Haut., 32 cent.; larg., 38 cent.

CIGNANI (FÉLICE)

14 — Jésus et la Samaritaine.

Coloris brillant; exécution très soignée.
Cadre sculpté.

Cuivre. Haut., 52 cent.; larg., 44 cent.

COQUES (attribué à GONZALÈS)

15 — Une Famille hollandaise.

Elle se compose de quatre personnes, réunies autour d'une table recouverte d'un tapis d'Orient. Le père est assis et tient une Bible et un crucifix; La mère, également assise, prend la main de sa jeune fille, tandis que le fils, debout derrière la table, montre une ancre. A droite, divers albums et manuscrits, un étendard, une basse, un tambour, un miroir et des armures.

Bois. Haut., 55 cent.; larg., 78 cent.

COYPEL (NOEL)

16 — Jupiter et Léda.

Léda, accroupie sur le gazon pour emplir de fleurs une corbeille, se retourne vers Jupiter qui se métamorphose en cygne. Des plumes couvrent déjà ses bras. L'Amour est auprès de lui. Cette scène se passe sur une pelouse décorée de vases de fleurs, de sphinx, de fontaines. Dans le fond, un palais, en partie masqué par les arbres du parc.

Gracieuse composition d'une exécution très soignée.

Cadre sculpté.

Haut., 83 cent.; larg., 67 cent.

CRAESBEECK ?

17 — Tête de vieillard.

De profil, longue barbe blanche, coiffé d'un bonnet rapiécé et enveloppé d'un vieux manteau.

Bois. Haut., 13 cent.; larg., 11 cent.

DABOS (LAURENT)

18 — La Blanchisseuse.

Elle soutient une barrique placée sur la croupe d'un âne dont les paniers sont remplis de linge.

Haut., 20 cent.; larg., 27 cent.

DEMARNE

19 — Les Bûcherons.

Dans une forêt traversée par un ruisseau, des bûcherons travaillent sous un hangar attenant à une hutte en paille. Près d'eux, une femme portant un enfant, une chèvre et deux chevreaux; un chien et un cheval blanc.

Toile. Haut., 37 cent. 1/2; larg., 46 cent.

DROST (VAN)

20 — Tête de philosophe.

Effet rembranesque.

Bois. Haut., 18 cent. 1/2; larg., 16 cent.

DUCQ (JAN LE)

21 — La Leçon.

Un personnage hollandais est accoudé sur une table où sont posés des cahiers de musique. Il semble donner une leçon de composition à une jeune femme, assise auprès de lui, attentive à ses paroles.

Bois forme ovale. Haut., 19 cent. 1/2; larg., 14 cent. 1/2.

ELIE (MADAME), élève de Greuze.

22 — La Petite Fille à la poupée.

Toile. Haut., 41 cent.; larg., 32 cent. 1/2.

FERRI (CIRO)

23 — Le Christ apparaissant à la Madeleine.

Fort beau tableau de Ciro-Ferri, comparable aux plus gracieuses toiles de l'Albane et du Cortone.

Cadre sculpté.

Cuivre. Haut., 52 cent.; larg., 40 cent.

FLINCK (GOVAERT)

24 — Savant à l'étude.

C'est un vieillard à barbiche blanche et à physionomie expressive ; coiffé d'un bonnet fourré et enveloppé d'une robe rouge bordée également de fourrure, il est accoudé sur des livres, la tête reposant sur la main droite et tenant de la gauche un compas qu'il place sur une sphère. Il consulte un in-folio ouvert sur une table couverte d'un tapis bleu.

Coloris transparent ; accessoires traités avec rare perfection.

Bois. Haut., 52 cent.; larg., 38 cent.

FRANCK

25 — L'Annonciation.

Cuivre. Haut., 22 cent.; larg., 17 cent.

GILLEMANS (J.)

26 — Fruits.

Raisins et pêches dans un plat de métal, verre à pied, carafe, melon et citron sur une table recouverte d'un tapis à franges d'or.

Bois. Haut., 22 cent.; larg., 16 cent.

GOYEN (VAN)

27 — Paysage.

Un carrosse précédé d'un piéton, sur une route bordée par une plantation, fermée d'une clôture en planches.

Bois. Haut., 28 cent.; larg., 33 cent.

GREUZE (attribué à J.-B.)

28 -- La Petite Boudeuse.

Fillette, vue en buste, les yeux baissés, la tête penchée à droite, et coiffée d'un bonnet à mentonnière. Un fichu blanc, jeté sur les épaules, laisse voir une partie de la poitrine et retombe sur le corsage orné d'une rose.

Toile. Haut., 40 cent.; larg., 32 cent.

HAFTEN (VAN)

29 — Le Repas.

Onze personnages, hommes, femmes et enfants, sont attablés dans un intérieur rustique, encombré d'ustensiles de ménage.

Tableau dans la manière d'Ostade.

Cuivre. Haut., 32 cent. 1/2; larg., 46 cent.

JOANNÈS (attribué à JUAN DE)

30 — Tête de Christ.

Bois. Haut., 48 cent.; larg., 37 cent.

LANTARA (S.-M.)

31 — Paysage.

Cabane couverte de chaume et entourée d'arbres, au bord d'une rivière torrentueuse. Figures et animaux.

Toile. Haut., 23 cent. 1/2 ; larg., 30 cent.

MABUSE (GOSSAERT, JAN DE)

32 — La Vierge et l'Enfant.

Assise et vue à mi-jambes, la vierge Marie est vêtue d'une tunique bleue, ornée d'une agrafe d'or au corsage et d'un ample manteau rouge ramené sur les genoux. Ses cheveux ondulés sont recouverts en partie par une étoffe violette disposée en turban. Elle soutient l'Enfant Jésus qui se penche en avant et pose la main sur un livre de prières ouvert sur une table. — L'expression des physionomies est d'une grande douceur et l'exécution des plus soignées.

Bois. Haut., 40 cent.; larg., 32 cent. 1/2.

MAYER (Mlle C.)

33 — L'Amour.

Toile. Haut., 24 cent. 1/2; larg., 19 cent. 1/2.

MICHEL

34 — Paysage.

Villageoise gardant une vache et un mouton auprès d'une tour en ruines et d'une église au clocher carré.

Tableau de la première manière de Michel; figure et animaux peints par Duval.

Haut., 47 cent.; larg., 56 cent.

MAZZUOLA (ALEXANDRO)

35 — Le Mariage mystique de sainte Catherine.

La Vierge assise, tenant sur ses genoux l'Enfant, approche la main de sainte Catherine, vêtue d'habits religieux, de celle du jeune Sauveur, qui lui passe au doigt l'anneau symbolique. A droite, saint Joseph endormi, la tête appuyée sur la main.

Composition d'un beau style qui rappelle l'école du Parmesan.

Cadre sculpté.

Haut., 1 m.; larg., 81 cent.

MIEREVELD (M.)

36 — Portrait d'homme.

De trois quarts, à mi-corps, tête nue, moustaches et barbiche d'un blond grisonnant; une large collerette tuyautée se rabat sur un pourpoint de soie noire, recouvert d'un manteau de même étoffe qu'il retient de la main gauche.

On lit dans le fond, à gauche :

Aetatis 50 A° 1638
M. Miereveld.

Bois. Haut., 72 cent.; larg., 61 cent.

MOLA (P. FRANCESCO)

37 — La Madeleine retirée au désert.

Assise sur un rocher, dans un site sauvage, elle contemple la Croix que lui présentent deux anges.

Toile. Haut., 48 cent.; larg., 73 cent.

MOMMERS (HENRI)

38 — Repos de villageois.

Au pied d'une pyramide, une femme adresse la parole à un petit garçon qui place des fruits dans un panier. Plus loin, deux paysans.

Toile. Haut., 61 cent.: larg., 49 cent.

MOREELZE (PAUL)

39 — Portrait d'homme.

Debout, à mi-jambes, front chauve, longue barbe blanche, physionomie grave et réfléchie; la main droite sur la poitrine, la gauche recouverte par un manteau de soie noire; il est vêtu d'un pourpoint en même étoffe et porte une collerette à tuyaux. — Sur une table sont placées deux coquilles, ce qui semblerait indiquer que c'est le portrait d'un naturaliste.

Cadre sculpté.

Haut., 98 cent.; larg., 77 cent.

MURILLO (attribué à)

40 — Madeleine pénitente.

Toile. Haut., 66 cent.; larg., 51 cent.

NEEFS (PEETER le Père)

41 — Intérieur d'église.

Vue prise en regard de la nef principale; à gauche une chapelle latérale où un prêtre officie. Des personnages en costume Louis XIII sont disséminés sur les divers plans du tableau.

Tableau important signé et daté 1631.

Bois. Haut., 53 cent.; larg., 71 cent.

HELLEMONT (M. VAN)

42 — **Intérieur flamand.**

Un villageois courtise une femme assise sur un baquet; trois autres personnages sont groupés autour d'un tonneau servant de table.

43 — **Le Pendant.**

Quatre buveurs attablés; l'un lève son verre en chantant à gorge déployée.

Cadres sculptés.

Haut., 18 cent. 1/2; larg., 13 cent. 1/2.

OLIVIER (MICHEL BARTHÉLEMY)

44 — **Scène galante.**

Dans un parc, assise sur le gazon, une bergère en robe rose et jupe de satin blanc, la houlette à la main, écoute complaisamment les doux propos d'un jeune homme qui se penche vers elle, la main sur son cœur.

Toile. Haut., 40 cent.; larg., 32 cent.

45 — **Pendant du précédent.**

Vêtu de rouge, un berger presse dans ses bras une jeune fille en robe de satin blanc et lui place une rose dans la coiffure.

Deux charmantes compositions dans le genre de Lancret.

Toile. Haut., 40 cent; larg., 32 cent.

OS (attribué à J. VAN)

46 — Vase de fleurs.

Roses, tulipes, pavots, bluets, renoncules et autres fleurs dans un vase orné d'un bas-relief représentant des jeux d'enfants.

Bois. Haut., 54 cent.; larg., 41 cent.

PALAMÈDES (ANT. HEVAERT)

47 — Le Duo.

Un gentilhomme hollandais et sa dame, vêtus d'élégants costumes de soie dont la couleur sombre est relevée par la blancheur des dentelles, sont assis l'un près de l'autre, se tenant par la main. Ils chantent un duo, dont la musique est placée sur les genoux de la dame. Deux jeunes gens, tête nue, et une femme, vue de dos, complètent cette composition.

Signé en bas, à droite.

Bois. Haut., 41 cent.; larg., 55 cent., 1/2.

PANINI (école de GIOV.-PAOLO)

48 — L'Abreuvoir.

Une femme montée sur un cheval blanc, des vaches, des chèvres et des moutons, auprès d'une fontaine attenante à d'anciens monuments décorés de bas-reliefs.

Cadre sculpté.

Toile. Haut., 1 m.; larg., 79 cent.

QUERFURT (AUGUSTE)

49 — Le Retour à la ferme.

Un villageois monté sur un mulet est arrêté avec un cheval blanc, auquel il vient de rendre la bride et semble questionner un enfant qui boit dans une écuelle.

Bois. Haut., 22 cent. 1/2: larg., 32 cent.

QUINKHARD (JAN MAURITZ)

50 — Portrait de l'artiste.

En buste, de trois quarts, coiffé d'une toque de velours rouge et portant un habit de même couleur et une cravate blanche.
Signé J. M. QUINKHARD pinxit aetatis suae 78 1776.

Toile. Haut., 55 cent.; larg., 49 cent.

RAVESTEYN (ARNOLD VAN)

51 — Portrait d'homme.

De trois quarts, en buste, coiffé d'une calotte noire, portant un justaucorps de soie et une fraise plissée. Il a la moustache et la barbiche presque blanches.

Bois. Haut., 68 cent.; larg., 42 cent.

RIGAUD (HYACINTHE)

52 — Portrait d'homme.

En buste, longue perruque blonde, chemise ouverte, vêtement galonné d'or.

Toile. Haut., 54 cent.; larg., 44 cent.

STRY (J. VAN)

53 — Pâturage.

Dans un pré, un pâtre, assis et adossé au pied d'un saule, surveille cinq vaches qui paissent au bord d'une rivière.

Cadre sculpté.

Bois. Haut., 53 cent.; larg., 72 cent.

TENIERS, LE VIEUX (attribué à)

54 — La Tentation de saint Antoine.

Cadre sculpté.

Toile. Haut., 54 cent.; larg., 44 cent.

VELDE (attribué à WILLEM VANDEN)

55 — Mer houleuse.

Un batelet, plusieurs bateaux de pêche et deux

trois-mâts naviguent en vue d'un port hollandais qu'on aperçoit à l'horizon.

Le ciel, où se déroulent de beaux nuages éclairé d'une lumière douce, est remarquablement peint. Les eaux sont d'une grande transparence et l'effet général est d'une étonnante vérité.

Cadre sculpté.

Toile. Haut., 59 cent.; larg., 82 cent.

VERBEECK (FRANÇOIS)

56 — L'Atelier d'un sculpteur.

Sur une terrasse, auprès d'un appartement richement décoré, un gentilhomme et une dame, précédés d'une petite fille, examinent un grand vase de marbre, placé sur une selle recouverte d'un tapis d'Orient; auprès du vase, se tient l'artiste, le ciseau à la main; plus loin, trois élèves, leurs cartons sous le bras.

Signé en bas à gauche.

Toile. Haut., 66 cent.; larg., 83 cent.

VERBEECK (PIERRE)

57 — Le Cheval blanc.

Bois. Haut., 19 cent.; larg., 17 cent. 1/2.

VERKOLIÉ (NICOLAS)

58 — L'Eté.

Cette saison est personnifiée par Cérès couronnée d'épis, soulevant dans le pan de son manteau des coquelicots, des bluets et des épis. L'Amour se joue devant elle. Dans le fond on aperçoit des moissonneurs.

Bois. Haut., 54 cent.; larg., 44 cent.

VINCI (école de L. DE)

59 — Le Sauveur.

Vêtu d'une tunique rouge et d'un manteau bleu, d'une main il donne la bénédiction, de l'autre, il porte un globe surmonté d'une croix.

Bois. Haut., 29 cent. 1/2; larg., 25 cent.

VLIET (HENRI VAN)

60 — Intérieur d'un temple protestant.

Six personnages au premier plan et plusieurs groupes à l'entrée de la nef principale qui occupe la droite du tableau.

Tonalité grise et transparente. Signé en haut. H. Van Vliet.

Cadre sculpté.

Haut., 43 cent.; larg., 33 cent.

VRIÈS (JAN RENIER DE)

61 — Paysage boisé.

Deux cavaliers et trois piétons sont arrêtés sur une route qui traverse un bois et conduit à une rivière.

Cadre sculpté.

Bois. Haut., 46 cent.; larg., 63 cent.

WERFF (PIERRE VANDER)

62 — Portrait d'un gentilhomme hollandais.

Debout à l'entrée d'un parc, orné d'une statue de Cérès, il relève un pan de son manteau de velours. Il porte une ample perruque blonde bouclée.

Ce tableau, d' une parfaite conservation et d'une exécution très précieuse, est signé P. V^{r}. Werff ano 1706.

Toile. Haut., 45 cent.; larg., 37 cent.

WOUWERMAN (PIETER)

63 — La Côte rapide.

Un cavalier et deux voyageurs à pied marchent

à côté d'un chariot qui descend une pente rapide. Le conducteur de la voiture dans laquelle est une femme avec son enfant, retient son cheval pour l'empêcher de glisser. Deux colporteurs et une femme se reposent au sommet de la côte ; à droite la vue s'étend sur une campagne arrosé par un fleuve.

Cadre sculpté.

Haut., 36 cent.; larg., 32 cent.

WOUWERMAN (école de PH.)

64 — Halte de cavalier.

Toile. Haut., 31 cent. 1/2: larg., 45 cent. 1/2.

WOUWERMAN (attribué à PIETER)

65 — Un Campement.

Deux cavaliers descendus de leur chevaux devant une tente. Un palefrenier vient d'apporter la mangeoire.

Cadre sculpté.

Haut., 36 cent.; larg., 30 cent.

WYCK (THOMAS)

66 — L'Hôtellerie italienne.

Un cavalier vêtu de noir, est descendu de cheval. L'hôtesse est accourue à sa rencontre avec deux petits serviteurs garçon et fille ; le premier verse à boire, la jeune fille tient une corbeille de gâteaux.

Excellent tableau de l'auteur, signé en toutes lettres, en bas à droite.

Bois. Haut., 41 cent.; larg., 35 cent.

RED. :

19

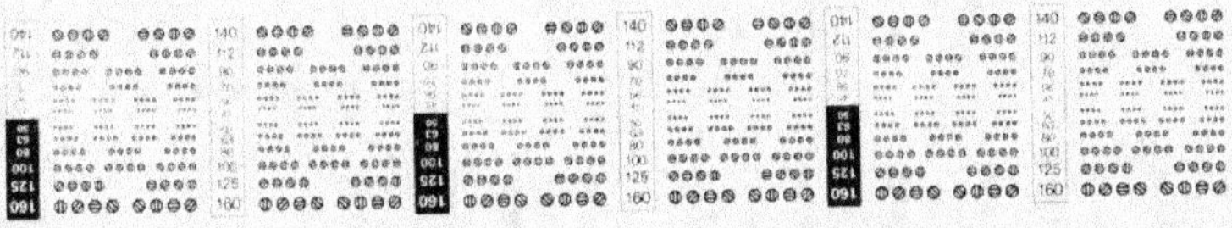

www.ingramcontent.com/pod-product-compliance
Lightning Source LLC
LaVergne TN
LVHW020626180726
843502LV00006B/1895

* 9 7 8 2 3 2 9 2 6 1 7 7 5 *